衛斯理系列 少年版 17

活俑

作者：衛斯理

文字整理：耿啟文

繪畫：鄺志德

衛斯理
親自演繹衛斯理

老少咸宜的新作

　　寫了幾十年的小說，從來沒想過讀者的年齡層，直到出版社提出可以有少年版，才猛然省起，讀者年齡不同，對文字的理解和接受能力，也有所不同，確然可以將少年作特定對象而寫作。然本人年邁力衰，且不是所長，就由出版社籌劃。經蘇惠良老總精心處理，少年版面世。讀畢，大是嘆服，豈止少年，直頭老少咸宜，舊文新生，妙不可言，樂為之序。

　　　　　　　　　　倪匡　2018.10.11　香港

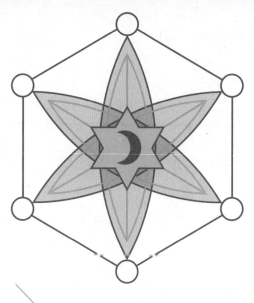

主要登場角色

白素

卓大叔

白老大

衛斯理

卓長根

馬金花

鮑士方

第十一章

臨終前的\爭\吵

醫生正努力為昏迷的馬金花 **搶救**，卓長根在旁激動地哭叫：「金花，你可得醒來！你可得醒來！」

白素和我在他的身邊，不知道如何勸他才好。

突然之間，他哭聲停止，**淚水** 自他睜大的眼睛中直湧出來。

我也吸了一口氣，身子震動了一下，因為這時我們都看到，一個醫生把 **白牀單** 拉起，輕輕蓋過了馬金花的頭部。

任何人都知道這是什麼意思，馬金花死了。

卓長根大叫：「你在幹什麼？」

「她的心臟已經 **完全停止** 了。」醫生說。

卓長根推開了所有人，一步跨到牀前，抓起馬金花的手，緊緊地握着，身子劇烈地發抖，用十分 **嘶啞** 的聲音說：「金花，你別怪我……你對我講的話，我還是不相信，不過……我一定會自己去看。」

我實在想知道馬金花究竟對卓長根說了些什麼，可是現在並非追問問題的好時刻，我們都哀傷得不知該說什麼好。

過了好一會，卓長根依然在 **發抖**，老淚縱橫，「她的手……愈來愈 冷 了！」

我嘆了一聲：「人總是要去的，老爺子。」

他沒有再說什麼，緩緩揚起頭來，望着天花板，淚水一直流到他滿是 **皺紋的** 脖子 上。

卓長根一直握着馬金花的手，誰勸他都不肯放，過了很久，才發出了傷心欲絕的一下 **悲嘆聲**，鬆開了手。

移送馬金花的屍體時，卓長根一直跟在旁邊。我趁機問其中一個護士剛才的情況，她説：「你和你太太走後，他們就開始聊天，聲音很低，聲調也很溫柔，像一對情侶在 喁喁 細語。」

我知道情況一定起了變化，便追問：「後來呢？」

護士說：「他們好好地說着話，不知怎麼，忽然吵了起來，愈**吵**愈**凶**，阻也阻不住，病人一下子可能受不了刺激，就**再度中風**了。」

「他們為什麼吵？」我沉聲問。

兩個護士一起向我呆望過來，「我們怎麼聽得懂。」

我**苦笑**了一下，卓長根和馬金花是用**中國**陝甘地區的方言交談，**法國**護士當然聽不懂，我真是笨，應該找個機會問卓長根才是。

馬金花的**喪禮**十分風光，她的幾代學生從世界各地趕來，還有參加漢學會議的學者，人人都默立致哀。她的律師也老遠趕來，在喪禮上宣布：「馬女士的**遺囑**，早就在我這裏，她吩咐過，宣讀遺囑時，一定要有一位**先生**在場，這位先生叫卓長根，在巴西定居，我已經通知這位先

生，而他恰巧也在此處。」

卓長根站了起來，「我就是卓長根。」

他的神情依然**很難過**。從馬金花過世到現在，已過了三天，我和白素，還有白老大，都一直在他身邊，但他三天裏 一句話也沒說過 ，一個人發呆、沉思，不論白老大如何勸他，和他打趣，他都一概不理。

　　律師開始宣讀遺囑：「馬女士的遺囑，十分簡單，分兩

部分，第一部分，她的全部財產，由卓長根先生掌握運用，

成立*獎$學$金*，世界上任何角落的大學生都有權申

請。」

　　大家鼓掌讚美馬教授的善舉，然後等着律師宣布遺囑的

第二部分。

但律師看着手中的文件説：「對不起，第二部分，馬女士的遺囑寫明**不能**當眾宣讀，只有卓長根先生一個人能聽，卓先生，我們——」

卓長根不等律師説下去，就一**揮手**道：「我已經知道內容，不必再聽了。」

律師有點意外，卓長根又大聲説：「請你立即把馬女士的遺囑毀去，並且遵守你的職業道德，將內容**絕對保密**。」

卓長根説得不是很客氣，律師有點惱怒，但他還是取出**打火機**來，當眾把手中的文件燒毀。

「卓老頭在搞什麼鬼？」白老大低聲道。

我們也覺得事情十分**蹊蹺**，只好等卓長根情緒穩定下來後再去問他。

喪禮舉行完畢，其他人都離去，卓長根、白老大、白素

和我四個人來到靈柩旁邊，卓長根搓揉着靈柩上的鮮花○

説：「金花遺囑的第二部分，就是要我把她的遺體運回家鄉

安葬。」

　　我們三人呆了一呆，他繼續説：「那天在醫院裏，她已

經預感到自己不久於人世，所以把遺囑內容告訴了我。」

　　我看問問題的時機已到了，便問：「卓老爺子，馬教

授在臨去世之前——」

我的話還沒說完，卓長根已伸出他的**大手**  阻止我再說下去，「你們不要問我，問了我也不會說。」

我和白素一怔，白老大更叫了起來：「老卓，這像話嗎？」

卓長根嘆了一口氣，「小白，我倆交情雖好，可是比起父子來，又怎麼樣？」

白老大覺得又好氣又好笑，「**你在放什麼屁？**」

「當年我和我爹相依為命，他明知自己要死，也沒有對我說原因，現在，我怎麼會對你說？」

我好像聽出一點**弦外之音**，立即問：「馬教授的事情，和令尊也有關？」

卓長根沒有回答，

只説：「當年我爹什麼都不説，金花也是怎麼也不肯説，如今到我了，你們認為我會説嗎？**當然不會**。」

白老大霍地站起來，「好，老卓，我們的交情到此為止！」

卓長根嘆了一聲，「你要這樣，我也沒有法子。」

白老大用超過**半世紀的交情**來威脅，也不成功，**氣得一聲不出**，轉身就走。

為了卓長根心裏那兩個 **謎團**，我和白素老遠來到法國，現在他自己心中有數了，卻任由那兩個謎團留在我們心裏。我實在有點生氣，還是白素涵養好，與卓長根握着手説：「卓老爺子心中幾十年的兩個謎團終於都解開，我們也放心了。」

「謝謝。」卓長根看出我的 **不高興**，也拍拍我的肩膀，「算我對不起你了，但也別學你老丈人，動不動就生氣。」

「那要怪叫人生氣的人。」我説。

卓長根一副 **無可奈何** 的神情，他痛失愛人已夠悲慘了，我也不忍心為難他，只好攤了攤手，表示算了。

我和白素一起離開，白老大在門口等着我們，氣仍未消，「**老混蛋** 説了些什麼？」

我答道：「什麼也沒説。」

　　「他不説也不要緊，我就不相信查不出來！」白老大意志堅決地説：「小衛，我們兩個人合作，若是有查不出來的事，你相不相信？」

　　「當然不相信！」我立即附和。

　　白老大一揮手，「好！那我們就去把它 ！」

第十二章

遺囑 內容

我們先從馬金花遺囑的第二部分開始查起。

這事説難也不難，全靠白老大的 **美酒**，當然不是他用古法釀製的那些難喝的 **白蘭地**，而是他農莊裏最上等的酒。

我們以馬教授好友的身分，邀請那位律師來農莊作客，恰巧他是 **愛酒** 之人，但酒量卻極差，沒喝了多少杯，就 **酒後吐真言**，把馬金花遺囑的內容全説出來了。

遺囑第二部分的那封信，內容是：「長根，到現在，如果我在世上還有親人，那就是你，所以我要你做一件事，把

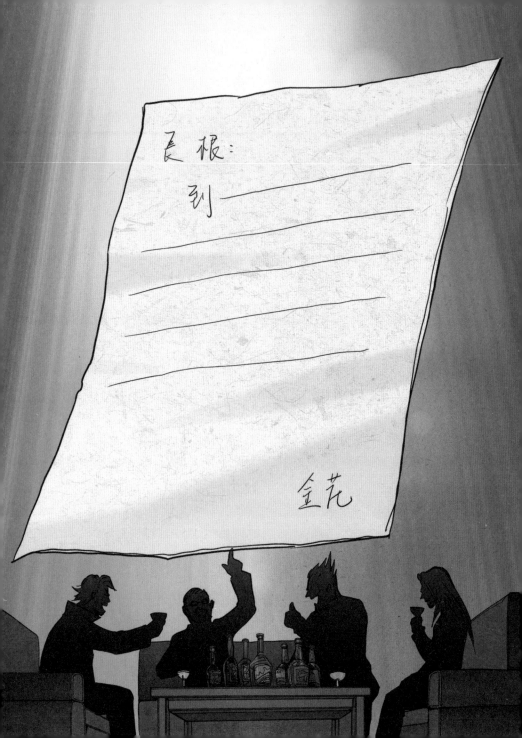

我運回去，在**家鄉下☠葬**，葬在那次我放馬**失蹤**的那片草地。如果你留心一點，可以發現那片草地上某一處，有九塊**石板**鋪在一起，撬開那些石板，把我葬下去。你一定會答應的，我知道，雖然我們曾賭氣不再理會對方。金花。」

第二天，律師酒醒過來，完全不知道自己已說出馬金花的遺囑內容。

他離開後，我們三人開始討論，白老大先開口：「九塊石板鋪起來，這是什麼**鬼玩意**？」

白素疑惑道：「會不會撬起了那九塊石板，能發現什麼**秘密**？」

我也是這麼想，「極有可能。而馬金花的目的，是要卓長根去發現這個秘密。運遺體回去安葬，可能還在其次。」

我隱約感到事情已經有點眉目了，一邊**來回踱**步，

一邊沉思道：「那九塊石板被撬起來之後，可能是通向一個**地下室的入口**。」

白老大立刻大笑：「你想說，馬金花就在那個地下室生活了五年嗎？」

我想了一想，也覺得沒有這個道理，什麼樣的地下室能讓人生活五年？我不禁嘆了一聲，「難道她真的被*外星人*帶到另一個空間，還跟外星人結婚了？」

對於這個謎團，我們依然未有結論，但我們相信馬金花在臨死前已將**真相**告訴了卓長根。

大約三天後，我們得知消息，為了完成*馬金花的*心願，卓長根包了一架飛機，從南美召來了兩個得力助手，幫忙辦理將馬金花的遺體運送回家鄉安葬的事宜。

在卓長根出發之前，深深不忿的白老大曾企圖**收買**這兩個親信，要對方時刻報告卓長根的行蹤。可是那兩個人

對卓長根十分 **忠心**，白老大親自出馬也收買不成，回來時
不斷叫着那兩個人的名字，痛罵了一頓。

又過了五六天，我實在想走，白老大也知道留不住我，
只好由得我和白素離去。

回到家中，我有不少積壓着的 **事務** 需要處理，忙碌了幾天。而白素則追蹤着卓長根的動向，看來他到家鄉後很受重視，消息還不少，但無非是各種 *應酬*，和整件神秘事件沒有什麼關聯。

那天晚上，我在看書，白素走了過來説：「奇怪，已經有好幾天沒有卓長根的消息了。」

我放下書，「或許他的活動已結束。」

正當我們這樣説着的時候，**門鈴** 響了起來。

我一聽到門鈴聲就猜：「卓長根？」

白素卻搖頭，「他包了專機，不會經過這裏。」

「那你猜是誰？」

白素側着頭，還沒有説出來，老蔡已經在樓梯口叫道：「有一位 **鮑先生** 硬要進來。」

我怔了一怔，一時之間，想不起有什麼熟朋友是姓

鮑的，就在這時，另外一把**聲音**也傳了過來：「衛先生，我叫**鮑士方**。」

我一聽到「鮑士方」這個名字，就不禁笑了起來。鮑士方這個人我雖然未曾見過，但白老大收買卓長根兩個得力助手**失敗**之後，曾破口大罵那兩個人，其中一人的名字就是鮑士方。

我叫老蔡請鮑先生上來。這個鮑士方不是很

高，但十分結實，年齡大約四十歲，有一頭又濃密又硬的黑髮，一臉精明能幹，可是此刻又十分**惘然惶急**的樣子。

我們握過手，鮑士方便開口說：「兩位，我先介紹一下自己——」

我迅即打斷了他的話，「不必了，我們知道閣下是卓氏機構的四個✦**副總裁**✦之一，是卓長根先生的得力助手。」

鮑士方點了一下頭，也乾脆開門見山說：「**卓先生失蹤了！**」

我和白素都震動了一下，失聲道：「失蹤？卓先生怎麼會失蹤的？」

鮑士方**六神無主**，「不知道，真的不知道，他……失蹤了，我們沒有辦法可想，所以來找你們。」

「什麼時候的事？」白素問。

「三天之前。」鮑士方極力冷靜下來，向我們敘述經過：「當地政府想隆重其事，辦一個**大型紀念儀式**，邀請各界代表參加，本來也沒有什麼不好，像馬教授這樣的成功人物，也應該有一個隆重的葬禮，可是卓先生堅決反對。」

我和白素互望了一眼，明白卓長根為什麼要反對，因為馬金花指定了她落葬的地點，是那片草地上鋪着**九塊石板**之處。而那九塊石板之下，可能蘊藏着什麼重大的秘

密，卓長根自然不能公開。

「卓先生怎麼説呢？」我問。

鮑士方苦笑了一下，「卓先生堅持他獨自一人帶着**靈柩**，去選擇一處他認為合適的地方落葬。卓先生要是執拗起來，誰也拗不過他。第二天一早，他一個人駕着一輛馬車，載着靈柩出發，不准我們任何人跟去。一直等到中午，他還沒有回來，我們感到有點不對勁，就駕着一輛**吉普車**，沿着他出發時的方向追上去，沒多久，就遇上了幾個牧馬人，他們説早上曾見卓先生的馬車經過，既然方向沒錯，我以為總能遇上他的。」

鮑士方講到這裏，不由自主地喘息，我吸了一口氣説：「結果沒有找到他？」

鮑士方的臉**抽搐**了幾下，「直至黃昏時分，來到一片草地上，我們看到了那輛馬車，登時放下了心頭大石，可

是上前細看才發現，卓先生不見了。」

　　我和白素聽到這裏，不禁互望了一眼。馬車在，人不在了，多麼**熟悉**的一個情景！

第十三章

重演當年 失蹤事件

卓長根失蹤，就像當年他去追尋馬金花，追到了那片草地上，馬金花的 **坐騎** 小白龍在，但馬金花卻不在了，情形完全 **一模一樣**。

鮑士方自然不知道我和白素心中在想什麼，他繼續敘述：「我們分頭去找，一直到 **天黑**，還是不見卓先生的蹤影。我發急了，通知政府動員搜索，出動了不少直升機，把附近草原都搜遍了，依然 **沒有** 結果。」

鮑士方顯得十分疲倦，托着額頭嘆氣。

我和白素也靜了半晌，我吸一口氣說：「鮑先生，這件事在以前——」

我才講到這裏，白素突然輕輕推了我一下，示意我不要講下去。我望向白素，她開口道：「鮑先生，我們能幫上什麼忙嗎？」

鮑士方既焦急又無奈，「我知道卓先生和你們是**好朋友**，而且關於馬教授遺體安葬的事，你們也比較清楚，所以我特意前來向你們請教，看看有沒有 線索。」

我確實想給他一些線索，卻不理解白素為何阻止了我。她對鮑士方說：「我們所知的也是差不多，馬教授遺囑要求卓先生將她的遺體送回家鄉安葬。」

鮑士方嘆了一口氣，**點了點頭** 道：「我明白了，我會繼續傾盡全力去 **搜** **索** 的，希望你們這邊也能幫忙留意着，一有卓先生的消息，請通知我。尤其白先生那邊，他和卓先生是好朋友，說不定卓先生會跟他聯繫的。」

白素爽快答應：「嗯，一定！我會叫父親多加留意。你也不用太擔心，**吉人自有天相**，卓先生不會有什麼事的。」

「謝謝兩位，那我趕回去繼續安排搜索了。」

鮑士方一離開，我立即問白素：「為什麼？」

白素皺着眉道：「剛才，你想說出多年前馬金花在那片草地上失蹤的事？」

我用力點着頭，「兩宗失蹤的事，幾乎**一模一樣**。」

白素也點頭，「確實一樣，真奇怪，那地方難道真是另一度空間的 **交界**，人可以在那裏跨越到其他空間去？」

「別支開話題，剛才你為什麼阻止我說？」

「你說出來有什麼用？」白素反問。

「當然是給他線索，幫他找到卓長根。」我理直氣壯地說。

「去哪裏找？你要告訴他，有一處鋪着九塊石板的地方？你知道石板之下有些什麼嗎？」

白素說得好像她知道九塊石板之下是什麼，我驚呆地望着她，「**難道你知道**？」

「你還是不明白我的意思！」白素嘆了一口氣，「其實我們並非完全不知道的，我們至少知道，當年馬金花到了那個地方，失蹤了；如今卓長根去到那地方，亦失蹤了。」

我終於 **明白她的意思了**，「你是擔心鮑士方知道那處地方後，也會在那裏失蹤？」

白素點點頭説：「這事你我都難保證，而且萬一他不是一個人去，而是帶着一百幾十人的搜救隊，全部一起失蹤的話，此事非同小可啊！」

聽到白素説一百幾十人一起失蹤，我實在忍不住笑了起來。可是細心一想，白素的擔憂也不無道理，至少馬金花和卓長根都是這樣失蹤的。白素處事果然比我細心得多。

「那我們該怎麼做？像馬金花那樣，等**五年後**卓老爺子自己再出現嗎？到時他多少歲了？」

白素冷靜分析道：「如果卓老爺子的失蹤沒有什麼神奇古怪之處，以鮑士方和政府的正常搜尋方法，配合**現今科技**，一定能把他找出來的。」

「要是真有**神怪之處**呢？」我問。

「這樣的話，不論他們怎麼找，也不大可能有結果。」白素想了一想，建議道：「我們可以等他們放棄搜尋之後，才去那九塊石板之處冒一下險，查個**水落石出**！」

「這個不知要等多久，怕不怕……」

白素知道我擔心什麼，便用肯定的語氣說：「卓老爺子不會有事的，當年馬金花失蹤，五年後不是**安然無恙**回來嗎？雖然她沒有說那五年過得好不好，但如果那段經歷是**痛苦**的，她就不會堅持死後要將自己的遺體葬在那裏。況且，那裏若有危險，她也不會叫卓老爺子去犯險吧。」

白素分析得很有道理，但我故意鬥氣道：「難說，你忘記了他們在療養院裏曾爭吵過嗎？」

白素笑了，

「所以你覺得馬教授是故意害卓老爺子？」

我自己也覺得牽強，所以沒有答她。

白素嘆一口氣說：「卓老爺子不會有事的，因為他已經從馬教授口中得知一切秘密，只是我們不知道而已。」

「他不肯說，太過分了！」一想到這件事，我就深深不忿。

這時白素忽然想起一個問題：「馬金花自小在牧場那樣的環境長大，不可能有什麼國學根底，可是她忽然決定去上 學堂，就能跟上當時的高等程度，這實在太不可思議了，除非——」

我大感 訝異，接下去說：「除非，她在那失蹤的五年已經學會了不少。」

白素點點頭，「馬教授在漢學上最大的成就，是對先秦諸子學說的研究……」

她說到這裏，忽然遲疑着，我已經忍不住叫出來：「你電視劇看太多了！你不會認為她通過什麼 時光隧道，去了 秦朝的時空，在那裏生活了五年才回來吧？」

「還結了婚呢。」白素半開玩笑地說。

我想反駁她，可是忽然想起卓長根的父親，而白素亦比我快一步說：「別忘記卓老爺子的父親，有一塊 毫無瑕

疵，從未入土，出自秦朝時期的 美 玉 ！」

我大大深呼吸，説不出話來。

白素再提她的建議：「看來，要了解真相，還是非到**那地方**去一次不可。」

「等他們的搜救行動靜下來之後？」我問。

「嗯。」她點了點頭，「你不想去的話，我可以一個人去。」

我連忙説：「**不，不**，要去自然一起去！我可不想你一失蹤就是五年，而且在那五年裏還可能⋯⋯」

白素不等我説完，就大大 瞪 了我一眼，我也作了一個 鬼臉 回應，沒有再説下去。

白素接着認真地説：「我估計我們要去的話，至少在半年之後，在這段時間中，我們要盡量先熟悉那一帶的自然和 人文環境。」

「那簡單，多弄點 參考書 來看就好了。」

白素笑了一下，「好，簡單的事讓你去做，複雜的事交

給我。」

「還有什麼複雜的事？」我問。

「我想仔細 閱讀 馬金花的所有著作。希望能從中找到

一些端倪。」白素說。

我不禁伸了伸舌頭，馬金花的著作相當 **深奧**，雖然我不至於讀不懂，但這任務未免有點沉悶，所以我馬上說：

「好，**一言為定！**」

第十四章

九塊石板下的秘密

白素打了一通電話給白老大，告知卓長根的事，白老大十分驚愕，「怎麼一回事，卓老頭在他家鄉失蹤了？」

「是的，情形和當年馬金花失蹤極其相似。」白素說。

白老大很焦急，「那你們還耽擱在家裏幹什麼？快去找他啊！」

白素把我們的想法告訴他，他聽了之後，倒也表示同

意，只是説：「怕就只怕過得一年半載，他已給**外星人**折磨死了。」

白素笑了起來，「馬金花當年失蹤了五年，也沒有什麼損傷。」

「卓老頭不同，他性格**火爆**，脾氣大，説不定會被外星人剖成碎片。」

聽了白老大的話，我和白素都哭笑不得。

另一邊，鮑士方組織了龐大的**搜索隊**，包括了五十名搜索專家、十架性能極佳的直升機和各種配備，進行搜索。

卓長根是國際商界上一個十分重要的人物，各國記者都**爭相報道**搜索行動的經過，所以我和白素雖然在萬里之外，也對搜索行動的進展瞭如指掌。

可是，卓長根就像在空氣之中**融化**了一樣，完全不見蹤迹。於是，記者見沒有什麼可以報道，就作出了各種各樣

的揣測，例如外星人、五度空間、神秘組織、各種 **陰謀論** 等等。

其中一個記者，有相當豐富的中國歷史和地理知識，寫了一篇有關那片地區的報道，提及那裏是中國歷史上著名的 **神秘地區** 之一，當年叱咤風雲，統一中國的 ✦秦始皇✦ 的墳墓，就在那地區附近。

秦始皇在位時，對於各種各樣的建築工程相當狂熱，他把長城連結起來，成為人類建築史上的 ✦奇蹟✦；他又廣建道路，甚至遠在如今雲南、貴州地區，都築了著名的「五尺道」，來貫通陸上的交通。而比較起來，他自己的 **地下陵墓**，工程更大，而且有極 **神秘詭異** 的氣氛。這個令人難以想像，如此龐大的地下建築工程，在當時的科技和物力之下，不知要動員多少人才能完成。

可是這個陵墓的建造過程，歷史上的 *記載* 卻少之又少。

我當時讀到那篇文章，看得**津津有味**，而那時候我亦在搜集那一帶的地理資料。

至於白素，她真是坐言起行，一直在閱讀着馬金花的著作。

三個月後，事件漸漸**冷卻**下來，搜索卓長根的報道也看不到了。那天下午，鮑士方又找上門來。

我一看鮑士方，就**嚇了一大跳**。要不是他一進來就自報姓名，真難認出他來。相隔不到三個月，他變成了**另一個人**，膚色又黑又粗，滿面風霜，神態疲倦，連眼睛中也沒有了神采。

他一進來，就重重坐在沙發上，眼望着**天花板**說：

「我不相信一個人會失蹤得如此徹底！」

我和白素互望了一眼，他上次來的時候，我們沒有把馬金花遺囑中，要卓長根如何把她葬下去的細節説出來。現在

看到鮑士方**這個**模樣，我們都十分同情他的處境，沒想到白素竟先開口告訴他：「那片草地，有一處地方，鋪着九塊石板，你們可曾發現？」

　　我登時 *斜眼* 👁 望着白素表示抗議，因為上次阻止我向鮑士方提供線索的人是她，但如今大發慈悲説出來的人又是她！

鮑士方一聽白素的話，十分**驚訝**，「咦，你怎麼知道的？」

他這樣問，表示他已經發現了那九塊石

板，我和白

素都緊張地望着他，等他

説下去。

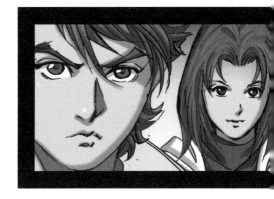

「這件事情相當奇

怪。當天我們去找卓先

生，到了那片草地，看到他的馬車仍在，但他和靈柩都

不見了，我們認為卓先生一定在附近，因為他不可能負着沉

重的靈柩走太遠。」他講到這裏，停了一停，向我們望來，

「你們早就知道卓先生要把**靈柩**葬在什麼地方？」

我們「嗯」了一聲，鮑士方接着説下去：「後來他一直

沒有出現，那等於他和靈柩一起失蹤了，事情太過**不可思**

議[?]，一直到大規模搜索了許多天，才在那片草地上，發現了有九塊石板鋪着——」

「請你詳細形容一下那九塊石板。」白素着急地説。

「我有 照片 ，請看。」鮑士方一面説，一面伸手從上衣袋中，取出了一疊照片，一張一張攤放在几上。

直到這時候，我才算看到了「那片草地」，那裏的 野草 十分茂密，照片上所見，有不少人站着，都只能看到人的頭部，野草又密又高，要在這樣的一片 草地 上發現那些鋪着的石板，着實不容易。

照片之中，有幾張顯示了那些石板的情況，一大片草被割去，九塊石板鋪着成了一個 **大正方形**，鮑士方形容道：「每一塊石板，超過半公尺見方，十公分厚，十分平整，是精工鑿出來的，而且有着許多 圓孔 。」

白素看到了那些圓孔便説：「這是相當聰明的設計，野

51

草可以穿過圓孔生長，只要在石板上鋪一層薄薄的泥土，就能完全**掩飾**了石板的存在，不被人發現。」

鮑士方點着頭，「是的，石板上的確有一層泥土，要不是曾被翻動過，誰也不會發現那兒有石板鋪着。我們一發現那九塊石板，就把附近的草割去，將石板**撬**起來，兩位請看——」

照片上所見，石板被揭起之後，下面是一個很方整的**正方形洞穴**，中間放着馬金花的靈柩，洞穴的幾面都鑲着石板。其中有一張照片，鮑士方就站在靈柩旁邊，洞穴的深度到他的肩頭，看來有一公尺多左右。

鮑士方又給我們看另一堆照片，照片上顯示，他們曾把靈柩抬出來，並將洞穴底部和四面的石板也拆了下來，只見石板的後面是**泥土**和**草根**。

「看來你們對這個洞穴下了不少研究工夫，有什麼發現

嗎？」我問。

鮑士方失望地 搖搖頭，「我們把洞穴裏的所有
石牆拆去，也沒發現任何異樣，只好又把一切放回原位，也
不敢太過驚動馬教授的 靈柩 了。」

白素忽然想起問：「那附近的草地，你們有沒有再徹底
研究一下？」

鮑士方點頭，「我們把鄰近草地上的草全部割去，動員大量**人手**細檢查過，卻沒有任何發現。那片草地，除了那個洞穴之外，就只是一片正常的草地而已，唉。」

他**長嘆**了一聲，我看着他，感到他為了尋找卓長根，什麼辦法都用盡了。

白素向我望來，我知道她的意思，她在考慮要不要把當年發生的事告訴鮑士方。

我先問鮑士方：「現在你打算**放棄**了？」

他現出了十分**倔強**的神情，「放棄？就算再花上十年八年時間，花上一輩子，**我都要把卓先生找出來。**」

事到如今，我深吸了一口氣，想了一想，決定告訴他：「有一些事，你可能不知道，我可以詳細講給你聽。」

第十五章

瘋狂的猜想

　　我和白素輪流把我們所知的一切，詳細説給鮑士方聽。他聽得目瞪口呆，不住喃喃地叫着：「天！天！」

　　他聽完之後，呆了好一會才吐出一句話：「馬教授那五年去了哪裏？如今卓先生很可能也去了同樣的地方！」

　　我點頭認同，「對，但問題就在於，那到底是什麼地方？怎樣才能到達？」

　　他眉心打着結，「五度空間，走進了時光隧

道，被 **外星人** 帶走等等的設想都可以成立，不過太匪夷所思了，教人怎麼相信？」

白素説：「任何可能性都不能排除，他們遇到的事，一定非常 **奇特**，不然，不會在醫院中，馬金花對卓長根説了，他也堅決不相信。」

我苦笑了一下，「我還設想過上千種可能，甚至設想他們下了地獄，去了陰間，到了 **鬼魂** 存在的地方，還有什麼未曾設想過的？」

鮑士方在這時候，給我戴了一頂 **高帽子**：「衛先生，你未曾去到當地，不然以你的想像力，一定可以探出個究竟來。」

我瞪了他一眼，知道他的用意，便説：「我們本來就打算要去一看究竟的，只是那些 **猜想** 都太怪異了，所以不敢説出來，就先讓你們以正常方法去搜尋，萬一真的沒有結

果，我們才去**以身犯險**。」

鮑士方一聽我肯去，大喜過望，同時又埋怨道：「不能再等了，卓先生年紀已經那麼大，只怕他的身體熬不住——」

未等他説完，我已笑道：你不用來這一套。卓先生的體質我倒是見識過了，雖然九十多歲，**活力**還比我好，我們少擔心。」

鮑士方也難得展現了 微笑，「對，卓先生的體質，和普通人大不相同，他每年進行兩次 **身體檢查**，負責檢查的醫生都不相信他已超過了九十歲，他的身體狀況，幾乎全都合乎健康標準。今年，由**瑞士** 來的專家，替卓先生檢查身體，甚至開玩笑道：『聽説中國歷史上有一個皇帝，曾不惜一切代價，尋找 **長生不老藥**，這個皇帝後來是不是找到，我不知道，可是看卓先生的情形，真像是服了長生不老藥一樣。』卓先生當時就笑，告訴那專家，那個皇

帝是 ✦秦始皇✦，後來不到五十歲就死了，秦始皇的墓，就在他少年時生活過的 **牧場 ⊞** 附近。」

當鮑士方講到這裏的時候，我忽然想起那個記者所寫的報道，迅即 **靈光一閃**，整個人震動了一下。白素看到我的反應，也知道我想到些什麼了，她説：「這個設想，

我們好像未曾想到過……」

「衛先生，你想到了什麼？」鮑士方急切地問。

白素笑道：「其實也沒什麼，再怪誕的事，我們也經歷過。我們忽然想到，失蹤的人，有可能進入了秦始皇的**陵墓**。」

白素講了出來，鮑士方也立刻呆住了。我們都知道，秦始皇陵墓的面積達到五十六平方公里，是地球上最大的 **地下皇城**，由於結構複雜而神秘，其相關結構的實際面積，有可能遠不止五十六平方公里，而是好幾百平方公里。若説馬金花和卓長根經過什麼**秘道**到了秦始皇墓，也不無可能！

鮑士方發急道：「若是真的，那我們該怎麼辦？我們總不能把整片地方都徹底**挖掘**，這樣不但工程浩大，而且政府也不會批准。」

「不必進行大規模挖掘，只要找出那條**通道**就可以了。」白素説。

「可是不進行大規模挖掘，又怎樣找到那條通道？」鮑士方有點**不知所措**。

我在沉思，若果卓長根真是經過通道進入了秦始皇陵墓，那麼他是怎樣找到那個通道入口的呢？馬金花在**遺囑**裏只提到那鋪着九塊石板的位置，所以我認為，若真有什麼通道，它的**出入口**一定就在那個洞穴之中。

我把這個想法説了出來，白素和鮑士方都很認同我的分析，只是鮑士方十分**困惑**：「可是，洞穴中所有石板我們都移開來看過，沒有什麼通道。」

我想了一想，問他：「有沒有**向下挖過**？」

鮑士方現出**為難**的表情説：「我們也不是沒有想過，但那裏畢竟是馬教授的墓地，我們拆下所有石板來檢查，已經頗為**不敬**，若大肆挖掘的話，恐怕——」

我和白素交換了一個**眼神**，然後對鮑士方説：「這個工作就由我來做，責任也由我來負吧！」

白素附和道：「我們認識卓先生，也和馬教授有過**一面之緣**，以他們兩人的性格，應該不會怪罪我們的。」

鮑士方吸了一口氣，也下定了決心，「好，那事不宜遲，我們明天就**啟程**。」

於是，我們三人第二天乘飛機出發，再轉坐**直升機**前往**馬氏牧場**的舊址，如今那裏是一處極大的工

地，卓長根決定在那裏投資興建**畜牧學校**以作紀念。

直升機在馬氏牧場降落，工地上到處都堆着各種各樣的建築器材，正在**大興土木**。

我們走進了一幢建築物，鮑士方問我要不要看一下我的房間，我說：「不用了，直接弄一個**帳幕**到那片草地上就行，而且立刻就去。」

他答應了，並問我：「要帶多少人？」

「我們三個就夠了，這事情過於*奇幻*，不宜讓太多人知道。」我說。

他點點頭，便去吩咐人準備車子和一切。

這時正是*黃昏*時分，我和白素並肩站着，風吹上來，寒冷刺骨，我倆都在幻想着當年馬金花策騎着她那匹小白龍，疾如旋風般馳騁的樣子。

沒多久，鮑士方便駕着一輛**吉普車**過來，

喊道：「一切全準備好了！」

　　我們上了車，他便開車前往目的地。

　　將近兩小時，我們才到達那片草地，但因為所有的草全被割去，新的還沒有長出來，在車頭燈照耀下，那裏只是一片 光禿禿 的土地。

　　車子停下來的地方，不到十公尺處，就是那九塊石板，

我心急地躍下車，並叫道：「鮑士方，你把工具弄下來，先亮起*射燈*。」

鮑士方大聲答應着，我跑到石板前，由於石板上有着許多圓孔，所以我輕而易舉，就可以用手指勾住圓孔，提起其中的一塊。

此時天已黑，架好射燈照明後，我和白素快速把九塊石

板全揭開，馬教授的靈柩在洞穴中。我跳下去，利用 **繩索** 繞住了靈柩，鮑士方在上面用一架小型起重機，把靈柩吊起來，放在地面上。然後，他也跳了下來。

這時候，在射燈的 **照耀** 下，洞穴中的情形看得再清楚也沒有，我和鮑士方吸了一口氣，神情都不免有點緊張。白素將兩柄 **尖嘴鏟子** 遞給我們。

我接過鏟子，提醒鮑士方：「秦始皇陵墓是如何建成的，歷史上資料不多，墓內的情形如何，也甚少記載。但我有一位堪稱 **天下第一** 的盜墓專家朋友曾告訴我，凡是重要的古墓都有防止外人闖入的陷阱。所以我們接下來的行動，每一秒鐘都充滿着不可預測的 **危險**。」

鮑士方臉色一變，但他擔心的不是自己，而是：「衛先生，你不是要 **臨陣退縮** 吧？」

第十六章

苦苦搜索

鮑士方竟然擔心我臨陣退縮,我登時**哈哈大笑**起來,「當然不會。試想想,當年窮百萬人之力建成的陵墓,現在憑我們三個人的力量能找到通道進去,也死而無憾了。」

他聽到我這麼説,才不由自主地**吞了一口口水。**

緊張是難免的,因為根據歷史記載,秦始皇怕死後有人進入他的陵墓,所以很可能在陵墓內設置了不少殺人的 陷阱 和 **機關**。

有少量歷史資料説，秦始皇在下葬時，把熔了的**銅汁**灌進墓穴去，防止有人進入，也可以填補地下的縫隙，以防**地下水**滲進。

又説在龐大的陵墓裏，滿佈了可自動發射的**強弓**，一有人接近就會發射，而且箭頭上都沾了劇毒。

而最驚人的記載是，在整個地下皇陵之中，有模仿大地的江河，流的不是水，而是**水銀**。又據説，在陵墓的頂上，有着**日月星辰**的排列。

這些記載或有誇張之嫌，但以秦始皇陵墓已被發掘出來的部分來看，陪葬的俑極多，有大量的**兵馬俑**，甚至和真人一樣大小，石或陶製，數量之多，堪稱歷史之最。

更不知有多少**活着的人**被驅進陵墓中，作為陪葬的俑。當中包括了妃嬪、侍從、建造陵墓的工匠等等各種不同的人。

一個有地位的人死了之後，要用若干活人來陪葬，是一種極其 **野蠻** 的制度。孔子一向少罵人，也曾説過「始作俑者，其無後乎」這樣激動的話，來譴責俑這種制度。

俑，在最初全是 **活人**，後來漸漸進步，才用 **陶製的人** 來殉葬。在秦始皇時代，是俑由活人變成假人的轉變期，秦始皇殘忍，故他的陵墓中有大量活俑殉葬，也不是什麼奇事。

我們既然假定在這個洞穴之下，有一條 **秘道** 可以通向巨大的地下陵墓，其防範外人闖入的機關一定極嚴密。

但鮑士方想了一想，說：「至少，把洞穴底部的石板弄起來，是沒有危險的，我已這樣做過。」

我搓了搓手，先把洞穴四面的石板弄下來，由白素在地面操作 **起 機**，將石板吊上去。然後，我們再把洞穴底部的石板也弄了上去。

石板下面就是泥土，我和鮑士方互望了一眼，便開始**挖掘**。泥土相當濕潤，挖起來並不困難，向下挖了將近有半公尺後，還是什麼都沒有發現，我終於停下來說：「不必浪費時間了，這下面不會有什麼**秘道**。」

鮑士方愕然地望着我，「**為什麼？**」

我拋下了鏟子，嘆了一口氣，「我們已掘了多少泥土出來？什麼都沒有發現。我不相信馬金花和卓先生失蹤的時候，也曾掘出過這麼多的泥土，他們都是**無聲無息**，不留痕迹地消失的。」

鮑士方**神情苦澀**，「那怎麼辦？我們的設想錯了嗎？」

這時白素也跳進洞穴來，**若有所思**地說：「馬教授堅持要葬在這裏，而且遺囑那樣神秘，只能讓卓先生知道，可見她並不是純粹只想回家鄉安葬那麼簡單。」

我點頭認同，「嗯，根據推理，馬教授指明的這個安葬地點，或其附近範圍，一定有**古怪**。」

白素補充：「而馬教授本來也不打算將**秘密**告訴卓先生，遺囑只託他將遺體運回此處**安☠葬**，沒想到臨死前竟會再遇見對方，在這個偶然之下，才將秘密告訴了他。」

鮑士方萬念俱灰，**苦笑**道：「這麼說，知道秘密的兩個人，一個過世，一個失蹤，除非馬教授**報夢**告訴我們，否則我們怎麼也找不到失蹤的卓先生了？」

他的話使我靈機一動，我和白素交換了一個 **眼神** ，白素也明白我在想什麼。我望向馬金花的靈柩，故意大聲說：「這也不無可能，只要我們留在這裏，**鍥而不捨** 地去尋找卓先生，馬教授看到我們的決心，終有一日會受感動，向我們 **報夢** 的！」

白素也大聲附和道：「對！我們找不到卓老爺子，**絕不離開！**」

鮑士方完全驚呆住了，望着我和白素，**戰戰兢兢** 地說：「你們是認真的嗎？」

「**當然！**」白素堅決地說：「這裏的事情就交給我們，你回去忙你的吧。」

我也指着車子道：「你可以把車子開走，將一切露營、挖掘等工具留下來。」

「好吧，反正我在這裏尋找過許多遍也沒有結果，你們的 頭腦 比我好，説不定有辦法找到卓先生的。明天我會再派人給你們送車子來，或許你們要到處看看。」

於是，鮑士方便將車上的東西卸下來，然後開車離去。

他走了之後，我就開始搭 帳幕 ，曠野中的寒風相當凜冽，厚厚的營帳看來也擋不住風，還好有極佳的 鴨絨睡袋 。我和白素生起了一堆火，烤了一點食物，煮了一壺濃咖啡，就這樣忽然露起營來。

第二天，我們很早就醒來，趁着白天，我們把昨夜挖出來的泥土填回去，將石板和靈柩都 放回 原位 ，一切回復原狀。

沒多久，兩輛車子駛來，鮑士方下車説：「我不知道你

們準備在這裏耽擱多久，所以給你們帶了更多東西來。還有一大桶汽油，足夠你們駕車在方圓數百里**兜圈子**。」

我拍了拍他的肩，「謝謝。」

然後他上了另一車子説：「希望你們可以找到卓先生。」

我和白素充滿信心地點點頭，司機便開車載他走了。

這一天，我和白素就駕着車，在**廣闊**無際的原野上，漫無目的地漫遊。一直到傍晚時分，我們才回到了那片土地上，生起了一堆**篝火**。

在往後十天的日子裏，我和白素在方圓數百里內**苦苦搜索**，試盡了一切方法，哪怕是笨方法，不論有多艱苦，我們都盡力嘗試，也經常回到那九塊石板下的洞穴去，查看一遍又一遍。

一直到十天之後的一個晚上，在篝火旁，我和白素都顯

得極 **疲累** ᶻᶻ 和 **憔悴**。

我嘆了一口氣說：「我們還繼續尋找下去嗎？」

白素點點頭，「卓老爺子是我爹的幾十年好朋友，我們無論如何都要找到他，確保他**性命安全**才放心。」

我沒有再說什麼，只是和白素並肩坐着，面對着篝火。忽然間，背後傳來了一下聲響，一聽就知道是人或動物踏在 **枯草** 上的聲音。

「有人？」我和白素立時坐直身子，轉過頭去，只見一個**身形高大**的人站在營帳旁邊，火光映在那人的臉上，**他正是卓長根！**

「我真是服了你們兩口子，你們準備在這裏過一輩子嗎？」卓長根用他洪亮的**嗓音**說。

我和白素交換了一個**眼神**👁，表示計劃成功了，白素笑道：「卓老爺子，全世界再也沒有人比你玩捉迷藏玩得

更好了。」

我接着説：「還好我們用了又古老又笨的辦法把你引出來。」

「什麼？**守株待兔**嗎？」卓長根堅決地説：「你們死心吧，我什麼都不會説的，我只是不想你們在這裏再浪費時間，所以才現身勸你們快離開。」

但我**胸有成竹**地笑，「我們用的**古老方法**不是守株待兔。」

「什麼意思？」卓長根感到莫名其妙。

白素微笑道：「從現在起，我們兩個不會一起**眨眼睛**，不會使自己的視線離開你。不管你要去哪裏，我們都會跟着你。我們還會通知鮑士方派一百多人來，二十四小時日夜不停地**盯**緊你。」

卓長根知道自己中計了，我和白素用的是**苦肉計**，

這十天極盡艱苦地搜索他，使他不忍心，終於現身來勸我們；而只要他一現身，就難再逃離我們的視線了。

白素繼續說：「除非你會*隱身術*，或者你有在我們眼前消失的本領，不然，你要再回去那個神秘地方的話，我們就能跟著你一起去。」

「你們居然利用我的一片好心。」卓長根既生氣又懊喪，**慨嘆**了一聲，「我離開一陣子有什麼大不了？等我厭了，想出來的時候，自然會出來。」

「從哪裏出來？」我立刻開門見山地問：「秦始皇的**地下皇城**嗎？」

卓長根登時現出驚愕的神色。

第十七章

秘道現身
千載古人

我提起「秦始皇的地下皇城」時，卓長根的神情和反應，在某種程度上證明了我們的設想是真的。

我故意擺出一副**嗤之以鼻**的態度，「大不了就是有一條秘道而已，何須神神秘秘？而那條秘道的出入口，我們遲早也會找到的。」

我講到這裏時，卓長根顯得有少許緊張，向那九塊石板**望了一眼**。

我和白素都幾乎肯定，還是那九塊石板下的洞穴有**古怪**，可是為什麼一直找不出秘密所在呢？我想了一想，突然靈光一閃，「我知道了！」

卓長根一副**心虛**的樣子，卻仍口硬：「知道什麼？你根本什麼也不知道！」

我卻笑道：「反正秘密一定在那**九塊** **石板**之下，我們只向下挖掘過，但洞穴裏一共有**五面**，其餘四面都沒有挖掘過。只要我們以那個洞穴為中心，往*所有方向*都徹底挖掘開去，還怕找不出秘密所在嗎？」

　　白素附和道：「對啊，要不是看到卓老爺子望着那九塊石板時的**神情**，我們也不敢肯定秘密一定藏在那個洞穴裏。」

　　「你們——」卓長根氣得滿臉通紅，**青筋暴綻**。

　　我和白素只是想用**激將法**令他說出真相，卻沒想到他的反應那麼大，不斷一拳又一拳打在地上，藉此發洩他

心中的怒意。

過了好一會，他的神情才稍為平服，雙手掩着臉，**嗚咽**着説：「我一輩子不求人⋯⋯現在求你們一件事。」

「只管説，只管説。」白素道。

卓長根慢慢放下手來，凝視着火堆上冒起的**火苗**，嘆了一聲，「要不是我為了你們現身，你們在這裏住上三五年也找不到我。現在我**求**你們，離開這裏，別再理我，以後也不要再來，不要對任何人提起這件事，包括小白在內。」

我和白素互望着，一時之間下不了決定。

卓長根**舒了一口氣**，「我知道，要你們答應，是難為了你們，可是⋯⋯這件事，實在不能説⋯⋯當年金花不説，我還曾怪她，不過⋯⋯那真不能説！」

我苦笑着，望向白素，白素點了點頭，示意我們應該答應卓長根。我嘆了一口氣，**擺了擺手**説：「行了，行

了，我們——」

我正表示答應卓長根之際，突然看到那九塊石板中的一塊，忽然被什麼**力量**向外頂了開來。

白素也看到了，她 **冰冷的手** 忽然握住了我的手。

卓長根背對着那個方向，但由於我和白素神情怪異地盯着他背後，使他知道背後一定有什麼事發生了，於是立即**轉過頭**去看。

就在他轉過頭去的時候，一個人已從頂開的石板中爬出來，站直了身子，是一個十分**英武**的中年人，身形相當高大。而卓長根一見到他，便驚叫道：「**爹**，你怎麼出來了？」

卓長根這句話，嚇了我和白素一大跳，我倆像是遭到**雷殛**一樣，僵住了不懂反應。

　　這個人，就是當年帶着小卓長根，到馬氏牧場去，把孩子託給了馬場主，然後神秘消失的那個**卓大叔**嗎？

　　卓長根今年已經九十多歲，可是卓大叔看起來，只是一個中年人，他應該有多少歲了？至少超過**一百二十歲**了吧？他……如何能一直維持這個模樣？

　　我的*思緒紊亂*之極。只見卓長根神情焦急，向他父親迎了上去，緊張地說：「爹，你怎麼出來了？給他們看到……秘密就**守不住**了！」

　　卓長根急得連連搓手，雖然他的外形看來極老，但是神態動作，完全像一個手足無措的*小孩子*；而外表比他年輕了不知多少的卓大叔，也真的把他當小孩子一樣，輕拍着他的光頭，看起來實在**荒誕**。

　　卓大叔向我和白素望了過來，我們依然呆住了不懂反應，他開口對卓長根說：「孩子，你不必擔心，我聽你提起

過他們，這幾天來，他們的談話，我們也聽了大半，我想，他們可以守得住**秘密**。而且，我還有用意，我有事要他們兩人幫助。」

卓長根急得**搔耳撓腮**，頓足不已，一面自怨自艾：「全是我不好，由得這兩個小娃在這裏三年五載好了，偏偏沉不住氣，真不中用！」

卓大叔沒理會他，向我們走了過來，我**戰戰兢兢**地打招呼：「你⋯⋯好！」

卓大叔笑着，我們**拱了拱手**，白素在我身邊細聲道：「真想不到。」

卓大叔笑了一下，「是的，真想不到，兩位在我這裏聽到、看到的事，世上沒有人會想到。」

「看到？」卓長根又發急，「爹，你不是打算帶他們去看吧？」

卓大叔説：「不帶他們去看一下，他們怎麽會相信？」

卓長根指住我，對父親説：「爹，這個人**好奇心**極強，事情到了他手裏，他一定要**尋根究柢**，非弄個明白不可的。」

卓大叔笑了起來：「是啊，就讓他弄個明白，不然，我們反倒要終日**提心吊膽**。」

這時，我和白素的情緒也漸漸平復下來了，我附和道：「對啊，全讓我知道，那就沒事了。卓老爺子，你就沒有令尊般明白這道理。」

卓長根翻着眼，給我氣得講不出話來。

卓大叔笑了笑，然後對我說：「我的名字是卓齒，其實我沒有姓，那時，平民大都沒有姓氏，我是專管軍馬的，大王給我的任命是統管天下軍馬。」

卓大叔講到這裏，我整個人都愣住了，我內心隱隱感覺到，有一件絕無可能發生的事，就擺在我的眼前。

可能由於我和白素的神色實在太難看，卓齒笑了一下，說：「你們現在可能不是很懂，不過我會向你們詳細解釋的。不如進去說，怎麼樣？」

我和白素互望了一眼，我們心中都有同一個疑惑，我忍不住開口問卓齒：「卓……大叔，你……說的大王是？」

　　卓齒笑着，卓長根口唇掀動，想説什麼，卻又沒有發出聲來。

　　僵持了一會，還是卓齒開了口：「大王，就是 **嬴政**，後來的 **秦始皇帝**。」

第十八章

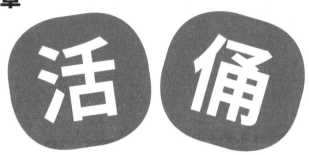

聽了卓齒的話，我和白素都震驚得身子*搖晃*了一下，卓長根慨嘆道：「當金花向我說出經過的時候，你們想，我怎麼會相信她？我當然要和她吵起來！**唉！**誰知道她經不起吵……」

我戰戰兢兢地問卓齒：「卓……大叔，難道你……一直*住*在那下面？」我指着那九塊石板。

卓齒「嗯」了一聲，「**我們**一直住在下面，下面天地之廣闊，你絕對想不到，大王發囚犯民夫百萬以上，歷二十餘年而建成，*宏偉絕倫*。」

我禁不住又問：「卓大叔，你……説你是……秦朝的人？」

卓齒*揚ㄈ揚眉*，好像在説：那還用問？

我吞了一口口水，又和白素互望了一眼。

一個活生生的秦朝古人，年齡已超過**兩千多歲**，一直住在龐大的 地下皇城 中，而且他剛才説「我們」一直住在下面，那表示，像他這樣的人，**還不止一個！**

我和白素仍呆着，卓長根有點 **不忿** 地説：「你們的目的達到了，還等什麼，我爹願意帶你們進去。」

「長根，待人以禮。」卓齒輕責道。

只見卓長根像個*小孩*一樣，撇了撇嘴，提起一塊石板，自己先跳下去。卓齒望向我和白素，示意我們跟他一起躍下去。

我們四人都在洞穴裏了，那洞穴本來就不是十分大，有

了靈柩，再加上四個人，幾乎連轉動的空間也沒有。

卓氏父子將被揭開的石板蓋回原位，我們都要**蹲下身子**，洞穴中變得十分**黑暗**，只有石板圓孔透進微光來。

卓齒在黑暗中講解：「地下皇城究竟有多少個**秘密出入口**，沒有一個人能全知道。建造的工匠互相之間不能通消息，監工和工師也不能。我直到如今為止，也不過知道兩處。」

白素「嗯」了一聲，「除了這裏之外，另一處，就是你**當年**出入的所在？」

「是的。所有秘密通道都建造得極其**巧妙**，即使你們猜到通道就在這坑穴的其中一邊，但若不是上面九塊石板全部蓋好，就算發現了入口，也會有一塊萬斤**巨石**自下而上，將通道堵住，貿然進入者，非死不可。」

我聽到這裏，不禁打了一個**寒顫**。

此時卓長根取出了**電筒** ，在電筒的光芒照耀下，我看到卓齒雙手將坑穴一邊的石板向下扳了一扳，扳下了四十五度左右。石板被扳下來之後，看到後面的泥土和草根。

接着，卓齒突然十指插進了泥土之中，泥土相當濕軟，他雙手向後**用力一拉**，竟拉出了一個長方形的入口處來，那入口處不過六十公分寬，三十公分高，勉強可供一人鑽進去。

令我驚詫的是，長滿**草根**的泥土，怎麼可以完整一大塊被拉出來？

我來不及問卓齒，他已經熟練地將雙腳先伸了進去，然後向下滑去，並向我們提醒：「這管道愈向下愈斜，有**鐵索**可供援手，不要放鬆。」

講完這句話之後，他整個人已經消失了。

　　卓長根說：「輪到你們了。」

　　白素和我先後滑進了那入口，雙手抓住了一條鐵索，可以控制向下滑去的速度。

　　管道的斜度約是六十度，開始的一段極窄，後來漸漸寬敞，前面也隱約有 **亮光** 閃耀，等到我滑出了管道時，發現自己置身於一個十分寬大的 **地下室** 中。

那裏有一個巨大的石臼，石臼中還有着大半滿的油狀物，一股**燈蕊**點燃着，光就是由這燈火發出來。

燈火在地下室中，也足以使人看清楚東西了。

卓長根也滑了下來，這間地下室，看來完全**密封**，別無出路。

卓齒莊嚴地說：「你們已經開始進入**地下皇城**，自築成以來，歷兩千餘年，一共只有**四個外人**進來過。」

他指的四人，自然就是**馬金花、卓長根、白素和我**。

我回頭看了一眼，仍對剛才的機關大惑不解，卓齒看到我**疑惑**的神情，便解釋道：「剛才石牆後面的草根全是真的，但泥土卻是一塊充滿細孔的**陶板**，可供草根盤繞生長，並且能整塊抽出來。」

但我依然有疑問：「可是秘道的出入口那麼接近地面，

很容易被人從地面上挖掘發現。」

卓齒笑了一下，「若從地面挖掘，必然觸及**機器**，整個管道會向下沉，大量鬆軟的泥土會湧過來，再向下掘，也只是泥土。」

我大感讚歎之際，卓齒忽然**嚴肅**地說：「君子明言在先。我雖然相信你們不會洩露秘密，但兩位離去之後，我會毀去此處通道，以後再也不會被人**發現**。至於另一處出入口，我自然不會告訴你們。」

「我已經**心滿意足**了。」我由衷道。

白素忽然問：「推動這一切機關的動力，從何而來？」

聽了白素的疑問，我也立即注意到，在這個地下室中，**呼吸**一點困難也沒有，新鮮的**空氣**又是如何進來？

卓齒說：「大王統一天下，建造皇宮，曾引二川之水入宮，這是**掩人耳目**，實際上，二川之水，自河底

築引道，被引入地下，工匠利用**水勢**，推動巨輪，遂有生生不息，萬世永年之力，只要川水不涸，其力不止。」

說完後，卓齒走向那個巨大的石臼，**雙臂環抱**，向上一舉。

那個石臼看起來極沉重，誰也不會想到要去抬起它。但卓齒卻輕鬆將它提高了約五十公分。同時，其中一面石牆上，一塊大石向後縮去，現出了 **隧道** 來。

卓齒鬆開了手，石臼仍然維持在被提起的位置，因為下面有一個石座升起來，承住了石臼。

卓齒轉過身來，**沾沾自喜** 道：「當日較力，我天下第七。」

我大感好奇，問：「誰天下第一？」

「大將**蒙恬**。」他說。

那個文武雙全的秦朝大將，曾打敗匈奴，又傳說他改良

過**毛筆**，是歷史上的名人，而眼前這個卓齒，竟和他較過力，實在令我和白素大感驚訝。

那條隧道要人彎着身子才能走進去，卓齒領頭，我們跟着，彎身走了十多步之後，就豁然開朗，再向前走，還聽到了**水聲**，而且愈來愈澎湃。卓齒說：「前面是一個大湖，水流極急，傾入湖中，那地方不必去了。你們無法走遍整個地下皇城，真要如此，需歷時數載。」

我想了一想，「是，不必了。只是剛才，卓大叔提及和你一樣的人，好像還有若干。這些人，我都想**見見**。」

卓齒道：「自該如此。」

我們像走進了一個曲折無比的**迷宮**，如果沒人帶路，迷失其中，只怕一輩子也出不來。在手電筒的映照下，看到石壁上刻有淺線條的畫，大多是各種各樣姿態的馬，更多的是**戰馬**，披甲飛馳，栩栩如生。

卓齒一面帶路，一面說：「我在大王歸天之前，和一批部下，**自願殉葬**。」

我嚇了一跳，失聲道：「陪葬……這是**俑**。」

「是，皇陵之中，有俑無數，天下陶工，窮二十餘年之力，人俑、馬俑，各種明器，不計其數。」

我忍不住壓低了聲音問：「**活俑**呢？」

卓齒遲疑了一下，「我不知確數，只知道我這一部分，一共十人。」

這個迷宮像是永無止境，有時還需要用各種方法，推開一扇又一扇厚重的石門，據卓齒說，推這些門都有一定的步驟，不小心弄錯了，沾有劇毒的**長弓大矛**會立時飛射而出。

足足走了超過半小時，又聽到了水聲，不過這次，只是潺潺的水聲。

在卓齒又推開了一道石門之後，我和白素看到眼前的景象，都不禁「啊」地一聲驚歎起來。

第十九章

地下宮殿
偉大之至

展現在我們面前的情景，除了「偉大」之外，沒有別的言詞可以形容。

那是一個大得令人難以想像的空間，甚至完全不覺得身處地底，頂部有着無數細小的 *油燈* 作照明。而地面上，有一道相當寬闊的河流，河水潺潺流過，水不深，極清澈，可以看到水中大大小小、各種色澤的 鵝卵石 。

而更使人感到這個空間像曠野的，是在河流兩旁，雖然實際上沒有青草，可是叫人一看就知道，那是一片草原，因為在整個空間之中，至少有超過 **兩百匹馬**。

那些馬，雖然全是陶製，但和真馬一樣大小，神態生動，有的在俯首飲水，有的在地上打滾、追逐、踢蹄，每一匹馬都有不同的神態，乍看還以為全是 **活** 的。

我和白素雖然早就料到地下皇城十分宏偉，可是也絕想不到竟然偉大至如此地步，不禁異口同聲讚歎：「**真偉大！**」

「我爹説，這個牧馬坑還不算大，有一個戰場坑，裏面全是**戰役**的實景，是這裏的三倍以上，而地下皇城的中心部分是皇宮，完全依照地面上一樣的格局和規模建造。」卓長根道。

我毫不考慮就説：「我寧願失蹤 **一年半載**，也非要好好開開眼界不可。」

但卓齒**搖搖頭**，「那可沒有法子，我是專管戰馬的，所以牧馬坑和有關的幾個坑室，歸我主理。但其餘的坑室，我不懂如何趨避**機關**，也是去不了的。」

卓齒説着，又沿河向南走，我們跟在後面，河水潺潺流過，是真的活水，卓長根説：「我曾問爹，空氣是如何進

來，他也不甚了了，我想，多半是引 河水 進來的時候，設法帶進來的。」

沿着河向前走，一直來到盡頭，有一扇看來如同 牌坊 似的門，推門進去，是一個相當大的室堂，各種石製的陳設齊全，牆上全是石製的架子，放滿一卷一卷的竹筒，那是古代的書籍，數量 多不勝數。

我和白素互望了一眼，我們曾對馬金花失蹤五年間的生活作過揣測，如今看來，那五年，馬金花在這裏一定飽閱 古籍，才奠定了她日後成為漢學大師的基礎。

穿過了這個室堂，卓齒再推開一扇門，那是一條約有三十公尺長的 走廊，兩邊各有五扇門，除了左邊第一扇外，其餘全關着。

那扇打開的門內，是一個陳設簡單的房間，有石榻、石几，一些牧馬用的工具，和戰馬用的 盔甲器具 等等，

也有不少竹簡。

卓齒説：「我們一共十個人，自願殉葬，這裏就是我們準備**以死相殉**，追隨大王的所在地。」

「還有九位呢？是不是可以請他們出來見見？」我和白素不約而同地問。

卓齒吸了一口氣，指着他的居室對面那扇門：「你可以推門進去看看。」

我也老實不客氣，走去推開那扇門，門後是一間同樣的居室，石榻上有一個人，身子**蜷**縮成一團，一動也不動，眼睛**半開 半閉**，我向卓齒望了一眼，他示意我可以走近去。

我走近一看，發現那個人看起來很年輕，相貌英武，雖然蜷縮成一團，但從手腳大小看來，他一定是個高大英武的**美男子**。

我伸手在那人的 鼻孔 前探了探，那人毫無疑

問是活人，但呼吸極之緩慢，慢到不可想像的地步，我驚訝

地問：「他⋯⋯在 冬眠 ？」

卓長根説：「爹説，那是藥力的作用。」

我向卓齒望去，「藥力？什麼藥？」

卓齒沉聲道：「大王求來的 長生不老藥 。」

我一聽之下，像受到 雷 殛 一樣，完全僵住了。

歷史上記載，秦始皇一直尋求長生不老之藥，凡是自稱可以找到長生不老藥的方士、術士，都受到禮遇。

其中一個叫徐福的方士，聲稱海外三座 仙 山 之中有長生不老藥，秦始皇派了幾千個童男童女，讓他攜帶出海，有史學家相信， 日本 ● 這個國家，就是由此產生。

如今我眼前這個蜷縮着的人，竟服過長生不老藥？那麼，卓齒能一直活下來，也是拜長生不老藥所賜嗎？

但我馬上想到一個 滑稽可笑 的問題：秦始皇五十歲不到就死了，真有長生不老藥，他自己何以不服食？

我提出了這個疑問，卓齒便十分氣憤地說：「全是 趙高 這奸人！」

趙高是歷史上的名人，他權勢薰天時， 指鹿為馬，

莫敢不從。我聲音不禁發啞：「趙高……他怎麼了？」

「哼！大王廣徵**天下方士**，研究長生不老藥，眾方士聚商十年，藥始煉製成功，進呈大王。大王將服未服，趙高在旁進言：藥效不知如何，若是**毒☠藥**，豈不弄巧反拙？可先將所有方士拘禁起來，另命十人試服，看此十人服後變化，再作決定。大王就聽從了趙高的話。」

卓齒吸了一口氣，又繼續說：「大王令我們服藥，說我們十人是他最**忠心**的臣子，只要長生不老藥真能令人長生不老，他就可以和我們一起**長生**。當時我們感恩莫名，所以一起吞服。」

我禁不住好奇問：「那長生不老藥，是什麼樣子的？」

卓齒說：「丹藥，其色**鮮紅**，入口辛辣無比，隨津而化，腹中有如烈火焚燒，汗透重甲，痛苦莫名，大王一見，以為藥有劇毒，把獻藥的方士盡數**處死**，但自次日

起，即無異象。」

我和白素相視苦笑，卓齒隨即搖頭慨嘆：「唉，那逾百方士，歷時十載，所煉成的長生不老藥，倒真是 **有效**，可恨趙高一番言語而誤事，不然時至今日，大王雄風猶存。」

他在埋怨趙高，但我看所有人都得 *感謝* 趙高才是，不然秦始皇活到現在，那是什麼局面？

我呆了半晌，白素忽然問：「服藥是哪一年的事？」

「大王 *出巡* 之前兩年。」

秦始皇出巡，在當時他所統治的 **版圖** 上兜一圈，結果死在巡視途中，直至回到首都咸陽，才宣布死訊，這件歷史事件我們都知道。我接着問：「在這兩年中，你們毫無異狀？」

「毫無異狀，等大王落葬，我們十人殉葬，自料必死，也了無畏懼之心。進了皇陵之後，我們只為大王之死而傷

心，自第三日起，就**漸失知覺**——」

卓齒講到這裏，向那個蜷縮成一團的人指了一指：「就像這樣，不飲不食，過了不知多久，我和另外兩人最先醒來，相顧愕然，頓覺**腹饑口渴**，幸而殉葬之際，各種乾果乾糧極多，河水不絕，可供飲食。其餘七人，也相繼**甦醒**，身在皇陵之中，不知日月。奇在我們一餐之後，竟能

良久不進食，頓覺事情有異。這牧馬坑在建造之際，我曾主持工程，知道有兩個秘道可通外面，遂公推一人由秘道外出，看個究竟。那人回來告訴我們，世上早已不再有秦，秦後有漢楚之爭，漢高祖一統天下之後又有三分，後有胡人之亂，再後有隋，隋之後──」

他講到這裏，我已忍不住叫了起來：「什麼？你們這一昏迷，究竟昏迷了多久？」

卓齒毫不猶豫地答：「千載。」

他們在那種 冬眠 ᶻᶻ 狀態中，一下子就度過了一千年！

第二十章

長生不老

　　我和白素面對着這個活了**兩千多年**，可以一睡就是千年的人，實在訝異得半句話也説不出來。

　　這十個人得以不死，唯一的解釋，就是長生不老藥發揮了作用。但此藥的成分是什麼，究竟怎樣煉製成功的，已**無可稽考**，因為那些方士，在十個試服者出現「腹痛如焚，汗透重甲」的情況時，已被秦始皇殺掉了。

　　卓齒繼續敘述：「當時我們不知所措，一睡千年，我們是千年以前的**古人**，若是離開了皇陵，我們何所適從？商議了很久，還是忍不住想出去看看，遂決定分批進出，一批

出去，一批回來。沒多久，我們之中，又有五人開始**昏睡**ᶻᶻ。」

「所謂沒多久，是多久？」我禁不住問，因為他們全是**長生人**，時間觀念恐怕與常人不同。

「**十載**。」他説。

我立刻又**失聲**道：「你們每隔十年，就要昏睡一千年？」

卓齒搖搖頭，「第二次，我們各人只昏睡了**五百年**，一覺醒來，天下又大異。」

我苦笑了一下，自秦之後一千五百年，那已經是**南宋**了。

卓齒也苦笑道：「昏睡的時間，每次 縮 短 ，第三次，歷時三百年，之後兩百年，一百年……」

這樣的長生不老，不知是幸福還是痛苦。冬眠狀態的時間如此長，至少以百年計，一覺醒來，*世界* 🌍 *大異*，根本無法適應，唯有再回到地底。雖說長生，但清醒的十年才算真正活着，而且完全跟時代**脫節**，又有什麼趣味？地下皇陵中的**悠悠歲月**，又如何打發？

「這樣久了，我們知道，每次昏睡，或有前後之分，但醒來之後，必然待十年又再昏睡。」卓齒說到這裏，向卓長根望了一眼，「當日我十年之期將滿，故把他交託給可靠之人，自己回到皇陵等候 **昏睡**ᶻᶻ 。這次昏睡，只歷時八十年，長根來時，我才醒來不久。」

我望着卓長根，想起了一個 滑稽 的問題：「卓老爺子是不是有一個**九百歲**的兄長？」

因為據卓齒所說，他們過去**幾度清醒**的時候，曾分批出去外面，誰知道他是否每次都有結婚生子？如果有，而**長生不老**又有遺傳的話，卓長根豈不是有比他大幾百歲的哥哥或姊姊？

卓長根已近一百歲，身體還如此好，若說長生不老藥能**遺傳**，也不無可能。

但卓齒搖了搖頭，「沒有。我們全商議過，我們十人的情形，決不能為世人所知，只是長根的母親實在太好……使我動了**凡心**，破了規，才有今日之麻煩。」

說到這裏，卓齒望着那個**蜷縮**成一團的人，嘆了一聲：「由於我**破了例**，所以他也起而效尤，一日，他正由秘道出去，遇上群馬奔馳，他是我的副手，極擅**馴馬**，立時安定住馬群，把一女子引進了皇陵之中——」

我和白素緊緊握了一下手，那個女子，自然是**馬金花**。

卓長根則望着石榻上的那個人，**猶有恨意**的樣子。

卓齒繼續說：「那女子進來皇陵之後，和他**成婚**，一住五年，他又屆**昏睡之期**，那女子才離去，其時我也在昏睡，是他把經過全部記載了下來，我醒來看了記載，方知究竟。誰想到那女子就是我當年把長根託給那個馬場主的女兒。」

卓長根對我和白素說：「難怪她說已**嫁過人**，哼，這……真是從哪兒說起，你想想，她在醫院裏，對我這樣說，我怎麼會相信？」

那真是沒有人會相信的事，馬金花於是叫他自己來看，卓長根就來了，還見到自己的**父親**。

「我見到了我爹，其餘九人又全在昏睡，我勸他出去，他不肯，我自然得在這裏陪他，偏要你們**大驚小怪**，吵個不停！」卓長根責怪我們。

卓齒望向卓長根，「你雖然是我兒子，但也是世上的人，你能在這裏陪我多久？」

卓長根像**賭氣**的

小孩，「能陪多久就多久。」

卓齒長嘆一聲，「悠悠歲

月，對我而言，無窮無盡，你

陪我十年，又何濟於事？況且

你不離去，搜索就無一日**停止**──」

當他講到這裏，我便明白他

讓我們進來，把一切告訴我們的用

意何在了，他想我們幫忙勸卓長根

離開。我立時會意地說：「是

啊，卓老爺子你若是再不現身，你

的手下準備把整個　地下皇陵

上面的土地全掘起來，非把你找出

來不可。」

白素也幫忙勸着：「那時候，你自己不要緊，但令尊和他的同伴卻十分麻煩。他們已過慣了這樣的生活，你又過不慣，**父子離情**也聚過了，何不瀟灑一點？」

卓齒更説了一句重話：「再不聽話，便是**逆子**！」

卓長根只能淚眼汪汪地望着父親，突然跪下來，向父親連叩了三個**響頭**。

卓齒笑了一下，但笑容也十分慘然。

看起來，卓長根雖然得到了一些遺傳，身體狀況和壽命比普通人好，但他也一直在變老，如今已是個**老人**，當然不可能不死，這次分別，自然是**永別**，難怪父子倆都感到難過。

我本來想勸卓齒和我們一起離去，可是他一「**冬眠**」就幾十年過去，誰來照顧他？而且現今世界轉變之快，他能適應外面的生活嗎？我**遲疑**了一下，還未曾開口，他已經

十分莊嚴地道：「別像長根那樣勸我離開，我生為大王之臣，如今能陪大王於此，是我 **畢生榮幸**。」

　　我也不再説什麼了，只要求：「我可以看一下其餘八位古人的**風範**嗎？」

　　卓齒點了點頭，於是我一間一間居室看過去，所有的人都蜷縮着，看起來，就像是**昆蟲**的**蛹**。

　　長生不老藥使他們可以一直活下去，但絕大部分時間卻在「**冬眠** z z」狀態之中，這樣的長生不老，是不是值得人類去追求和嚮往呢？或許再過幾百年，「冬眠」時間縮短到只有幾天的時候，他們才能過正常生活，到時候，他們還願意永世在地下皇陵裏當**活俑**嗎？

　　卓齒帶着我們，循原路離開，那個牧馬坑之偉大，使人**畢生難忘**。

　　等到離開之後，我才頓足，「忘了看一看那些**古籍**！」

白素瞪了我一眼，「叫你讀馬教授的著作，你又不肯。」

我「**啊**」地一聲說：「對，難怪她是古文學的權威，她的丈夫就是秦朝人。」

卓長根悶哼了一聲，我連忙安撫他：「你也不錯，父親是秦朝人，只可惜沒有唐朝的哥哥、宋朝的姊姊……」

卓長根一副**哭笑不得**的神情，我們都忍不住哈哈大笑起來。

卓齒用什麼方法把這條秘道**毀掉**，我不太清楚，至於另一條秘道的出入口在哪裏，恐怕除了卓齒之外，也**無人知曉**。

天亮之後，鮑士方駕車前來，看到了卓長根，驚喜萬分地問我們：「怎麼一回事？怎麼一回事？」

　　卓長根用測試的 **眼神** 👁 望了我一眼，我識趣地回答鮑士方：「不必再問，連我的岳父我都不會說，何況是你。」

　　卓長根滿意了，而那十名活俑的秘密，便繼續埋藏在 **地底下** 。（完）

案件調查輔助檔案

喁喁細語

她說：「你和你太太走了，他們就開始聊天，聲音很低，聲調也很溫柔，像一對情侶在**喁喁細語**。」

意思：形容人低聲說話。

弦外之音

我好像聽出一點**弦外之音**，立即問：「馬教授的事情，和令尊也有關？」

意思：比喻言外之意。

六神無主

鮑士方**六神無主**，「不知道，真的不知道，他……失蹤了，我們沒有辦法可想，所以來找你們。」

意思：形容心神慌亂、張皇失措，拿不定主意。

水落石出

白素想了一想，建議道：「我們可以等他們放棄搜尋之後，才去那九塊石板之處冒一下險，查個**水落石出**！」

意思：可解作兩個意思，一是描繪冬季水位下降，使石頭顯露出來；其次是比喻事情真相大白。

安然無恙

白素知道我擔心什麼，便用肯定的語氣說：「卓老爺子不會有事的，當年馬金花失蹤，五年後不是**安然無恙**回來嗎？」

意思：平安沒有疾病、災禍等的損傷。

瞭如指掌

卓長根是國際商界上一個十分重要的人物，各國記者都爭相報道搜索行動的經過，所以我和白素雖然在萬里之外，也對搜索行動的進展**瞭如指掌**。

意思：本指天下事如掌中物，易於了解，後比喻對事情了解得非常清楚。

狂熱

秦始皇在位時，對於各種各樣的建築工程相當**狂熱**，他把長城連結起來，成為人類建築史上的奇蹟；他又廣建道路，甚至遠在如今雲南、貴州地區，都築了著名的「五尺道」，來貫串陸上的交通。

意思：對某種事物懷有極度熱情。

坐言起行

至於白素，她真是**坐言起行**，一直在閱讀着馬金花的著作。」

意思：言行一致。比喻勇於實行。

匪夷所思

他眉心打着結，「五度空間，走進了時光隧道，被外星人帶走等等的設想都可以成立，不過太**匪夷所思**了，教人怎麼相信？」

意思：非一般人所能想像得到的，帶有貶意。

高帽子

鮑士方在這時候，給我戴了一頂**高帽子**：「衛先生，你未曾去到當地，不然以你的想像力，一定可以探出究竟來。」

意思：恭維的說話。

大喜過望

鮑士方一聽我肯去，**大喜過望**，同時又埋怨道：「不能再等了，卓先生年紀已經那麼大，只怕他的身體熬不住──」

意思：因結果超過原本預期的，而顯得特別高興。也可解作「喜出望外」。

臨陣退縮

鮑士方臉色一變，但他擔心的不是自己，而是：「衛先生，你不是要**臨陣退縮**吧？」

意思：臨到上陣作戰時退縮了，比喻在緊要關頭突然放棄前行。

始作俑者

一個有地位的人死了之後，要用若干活人來陪葬，是一種極其野蠻的制度。孔子一向少罵人，也曾說過「**始作俑者**，其無後乎」這樣激動的話，來譴責俑這種制度。

意思：意指最初製作人俑來殉葬的人。後世用以比喻首創惡例的人。

萬念俱灰

鮑士方**萬念俱灰**，苦笑道：「這麼說，知道秘密的兩個人，一個過世，一個失蹤，除非馬教授報夢告訴我們，否則我們怎麼也找不到失蹤的卓先生了？」

意思：所有念頭全化成了灰。比喻心灰意冷。

鍥而不捨

他的話使我靈機一動，我和白素交換了一個眼神，白素也明白我在想什麼。我望向馬金花的靈柩，故意大聲說：「這也不無可能，只要我們留在這裏，**鍥而不捨**地去尋找卓先生，馬教授看到我們的決心，終有一日會受感動，向我們報夢的！」

意思：指不斷刻下去而不停止。比喻堅持到底，奮勉不懈。

嗤之以鼻

我故意擺出一副**嗤之以鼻**的態度，「大不了就是有一條秘道而已，何須神神秘秘？而那條秘道的出入口，我們遲早也會找到的。」

意思：從鼻子裏發出冷笑。表示不屑、鄙視。

自怨自艾

卓長根急得搔耳撓腮，頓足不已，一面**自怨自艾**：「全是我不好，由得這兩個小娃在這裏三年五載好了，偏偏沉不住氣，真不中用！」

意思：悔恨自己過去的錯誤而加以改正缺失。

提心吊膽

卓大叔笑了起來：「是啊，就讓他弄個明白，不然，我們反倒要終日**提心吊膽**。」

意思：形容心理上、精神上擔憂恐懼，無法平靜下來。

大惑不解

我回頭看了一眼，仍對剛才的機關**大惑不解**，卓齒看到我疑惑的神情，便解釋道：「剛才石牆後面的草根全是真的，但泥土卻是一塊充滿細孔的陶板，可供草根盤繞生長，並且能整塊抽出來。」

意思：十分糊塗、迷惑，不懂道理。

掩人耳目

卓齒說：「大王統一天下，建造皇宮，曾引二川之水入宮，這是**掩人耳目**。」

意思：比喻欺騙、蒙蔽他人。

沾沾自喜

卓齒轉過身來，**沾沾自喜**道：「當日較力，我天下第七。」

意思：自以為得意而滿足。

栩栩如生

在手電筒的映照下，看到石壁上刻有淺線條的畫，大多是各種各樣姿態的馬，更多的是戰馬，披甲飛馳，**栩栩如生**。

意思：形容貌態逼真，彷彿具有生命力。

弄巧反拙

大王將服未服，趙高在旁進言：藥效不知如何，若是毒藥，豈不**弄巧反拙**？

意思：本想取巧，卻反而敗事。有枉費心機的意思。

起而效尤

說到這裏，卓齒望着那個蜷縮成一團的人，嘆了一聲：「由於我破了例，所以他也**起而效尤**。」

意思：跟着一起做壞事。

衛斯理系列 少年版 17

活俑 下

作　　　者：衛斯理(倪匡)

文 字 整 理：耿啟文

繪　　　畫：鄺志德

責 任 編 輯：陳珈悠　朱寶儀

封 面 及 美 術 設 計：BeHi The Scene

出　　　版：明窗出版社

發　　　行：明報出版社有限公司

　　　　　　香港柴灣嘉業街 18 號

　　　　　　明報工業中心 A 座 15 樓

電　　　話：2595 3215

傳　　　真：2898 2646

網　　　址：http://books.mingpao.com/

電 子 郵 箱：mpp@mingpao.com

版　　　次：二〇二一年四月初版

I S B N：978-988-8687-54-1

承　　　印：美雅印刷製本有限公司